¡Soy un insecto!

Si yo fuera una libélula

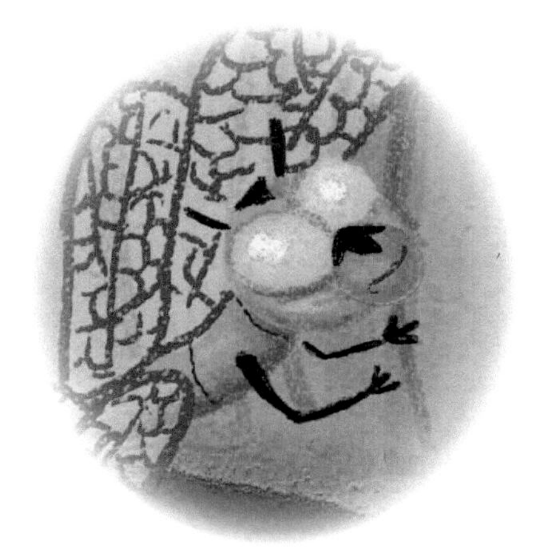

Charlee B. Finn
traducido por Alberto Jiménez

ilustrado por
Matias Lapegüe

PowerKiDS press.
New York

Published in 2018 by The Rosen Publishing Group, Inc.
29 East 21st Street, New York, NY 10010

First Edition

Translator: Alberto Jiménez
Editorial Director, Spanish: Nathalie Beullens-Maoui
Editor, English: Melissa Raé Shofner
Book Design: Raúl Rodriguez
Illustrator: Matías Lapegüe

Cataloging-in-Publication Data

Names: Finn, Charlee B.
Title: Si yo fuera una libélula / Charlee B. Finn.
Description: New York : PowerKids Press, 2018. | Series: ¡Soy un insecto! | Includes index.
Identifiers: ISBN 9781508159599 (pbk.) | ISBN 9781508156888 (library bound) | ISBN 9781538320051 (6 pack)
Subjects: LCSH: Dragonflies–Juvenile fiction.
Classification: LCC PZ7.F566 If 2018 | DDC [E]–dc23

Manufactured in the United States of America

CPSIA Compliance Information: Batch #BS17PK: For further information contact Rosen Publishing, New York, New York at 1-800-237-9932

Contenido

Hoy he ido a pescar con mi papá.

¡Vimos libélulas!
¿Cómo sería yo si fuera
una libélula?

Al principio parezco
un insecto y vivo
bajo el agua.

Cazo insectos para comer, crezco y crezco, y pronto me alimentaré de pececitos.

¡Ya es hora de convertirse en libélula!
Me mudo de piel y extiendo las alas.

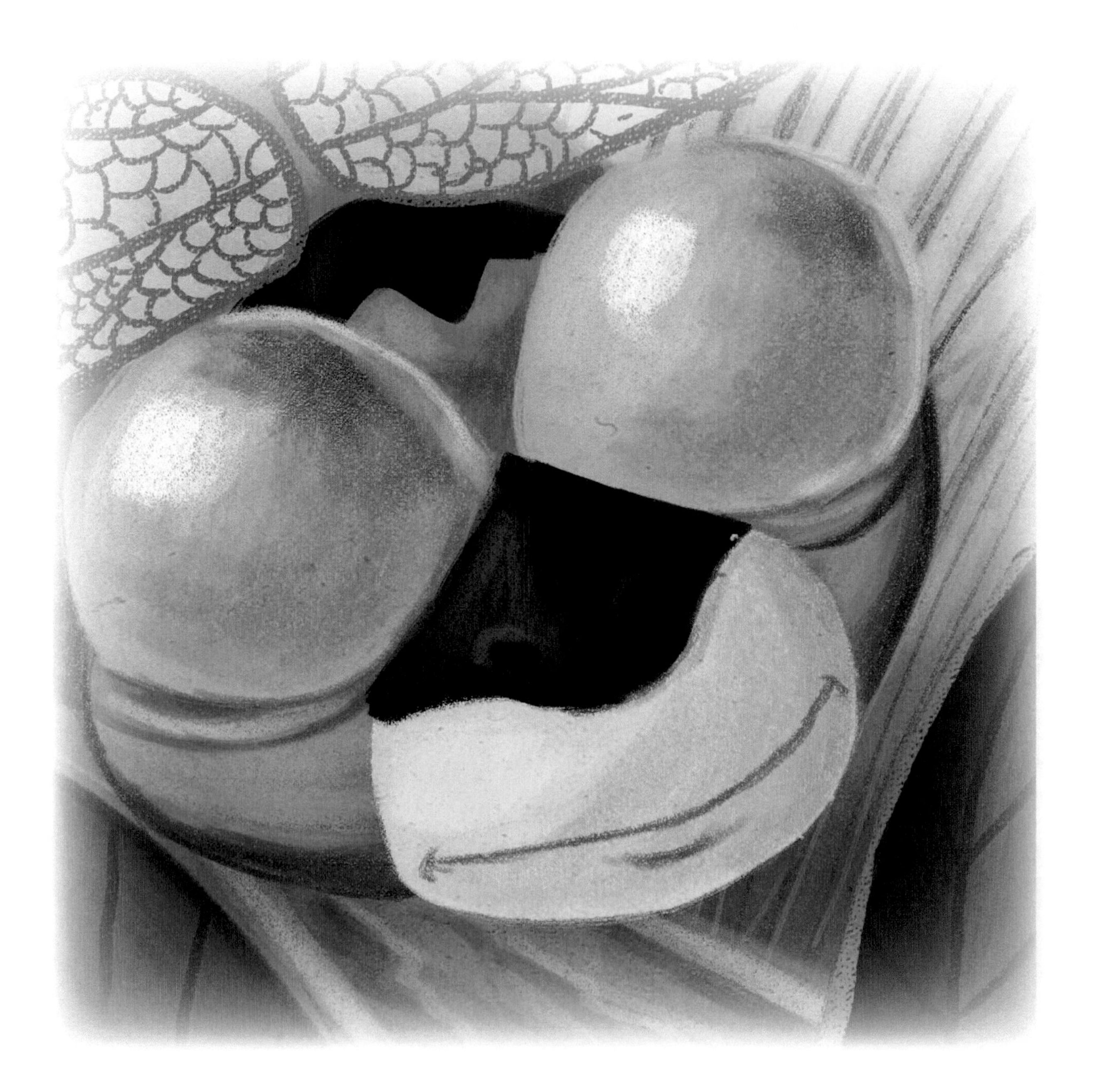

Tengo los ojos grandes y veo muy bien.

Mis alas son fuertes. ¡Vuelo rápido!

Vivo cerca de un
estanque.

Revoloteo todo el día con mis amigos.

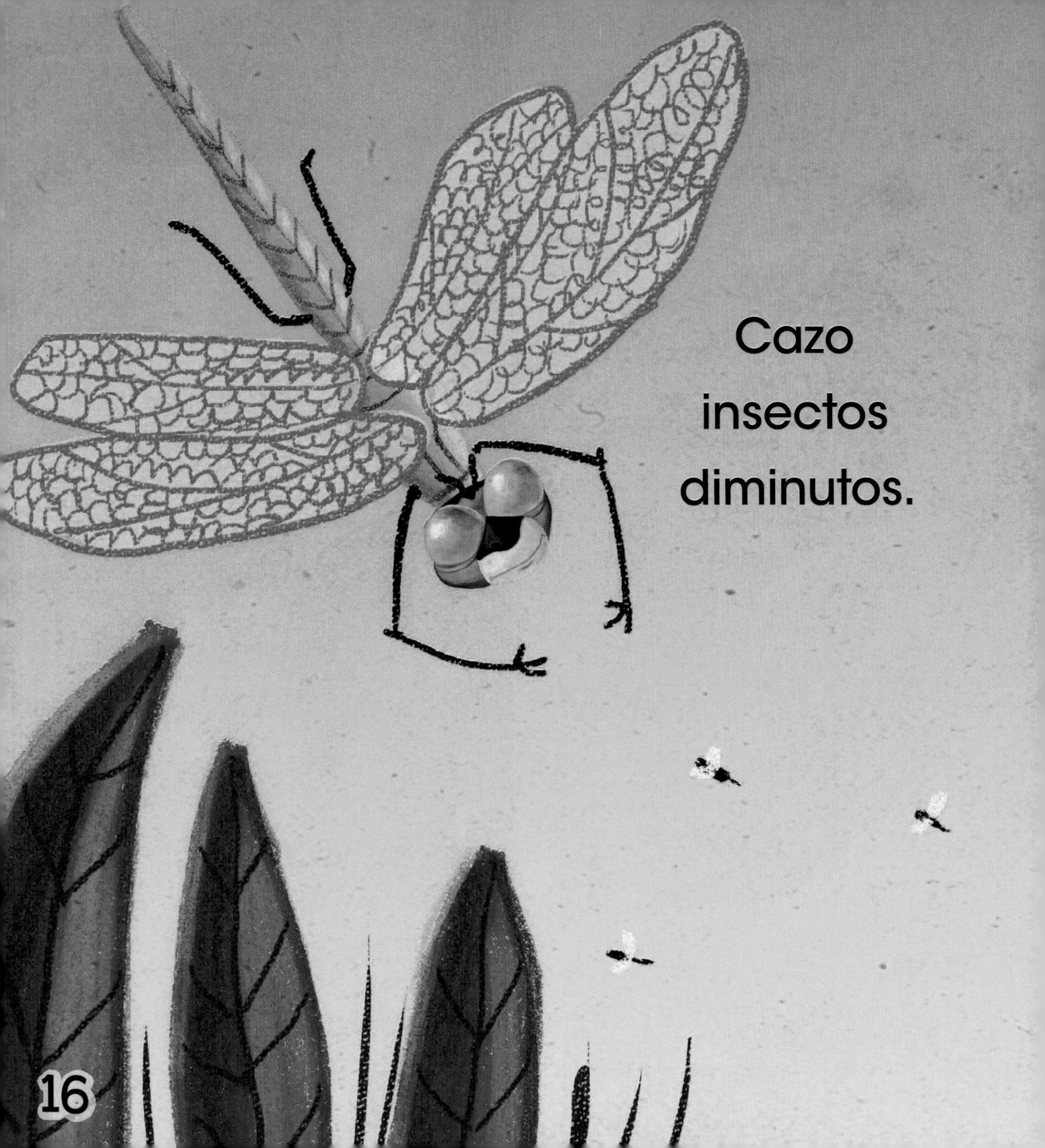

Cazo
insectos
diminutos.

Los atrapo en pleno vuelo. Mi merienda preferida son los mosquitos.

Huyo como una flecha de los pájaros hambrientos.

Si veo ranas con
hambre también salgo
volando.

Planeo al sol.
¡Nunca estoy posada
mucho rato!

Sería bonito ser una libélula, aunque solo fuera por un día.

Palabras que debes aprender

(la) rana

(el) mosquito

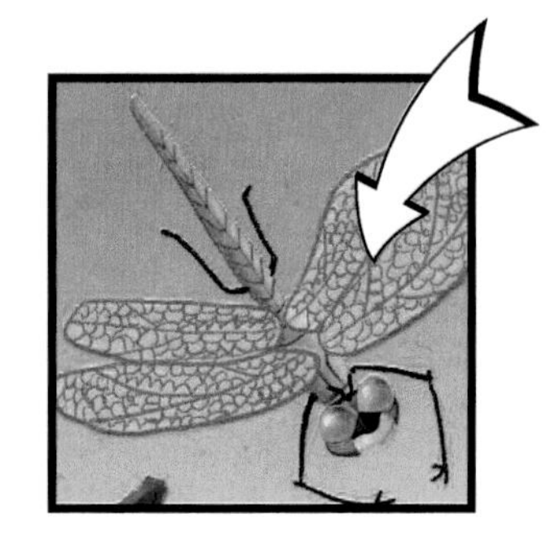

(las) alas

Índice